O QUE ACONTECE QUANDO A GENTE CRESCE?

Manuel Filho

ilustrações **Vanessa Prezoto**

Texto © Manuel Filho
Ilustração © Vanessa Prezoto

Direção editorial
Marcelo Duarte
Patth Pachas
Tatiana Fulas

Gerente editorial
Vanessa Sayuri Sawada

Assistentes editoriais
Henrique Torres
Laís Cerullo
Samantha Culceag

Projeto gráfico, capa
e diagramação
Vanessa Prezoto

Preparação
Tássia Carvalho

Revisão
Vanessa Oliveira Benassi
Clarisse Lyra

Impressão
PifferPrint

CIP-BRASIL. CATALOGAÇÃO NA PUBLICAÇÃO
SINDICATO NACIONAL DOS EDITORES DE LIVROS, RJ

F512q

Filho, Manuel
O que acontece quando a gente cresce? / Manuel Filho; ilustração Vanessa Prezoto. – 1. ed. – São Paulo: Panda Books, 2024. il.; 25 cm.

ISBN 978-85-7888-767-4

1. Ficção. 2. Literatura infantojuvenil brasileira. I. Prezoto, Vanessa. II. Título.

23-87365
CDD: 808.899282
CDU: 82-93(81)

Gabriela Faray Ferreira Lopes – Bibliotecária – CRB-7/6643

2024
Todos os direitos reservados à Panda Books.
Um selo da Editora Original Ltda.
Rua Henrique Schaumann, 286, cj. 41
05413-010 – São Paulo – SP
Tel./Fax: (11) 3088-8444
edoriginal@pandabooks.com.br
www.pandabooks.com.br
Visite nosso Facebook, Instagram e Twitter.

Nenhuma parte desta publicação poderá ser reproduzida por qualquer meio ou forma sem a prévia autorização da Editora Original Ltda. A violação dos direitos autorais é crime estabelecido na Lei nº 9.610/98 e punido pelo artigo 184 do Código Penal.

Para minha querida Luciene Cioffi,
que cresce entre flores e livros.

Manuel Filho

Para Maria, minha mãe,
que também fez vestidos para mim.

Vanessa Prezoto

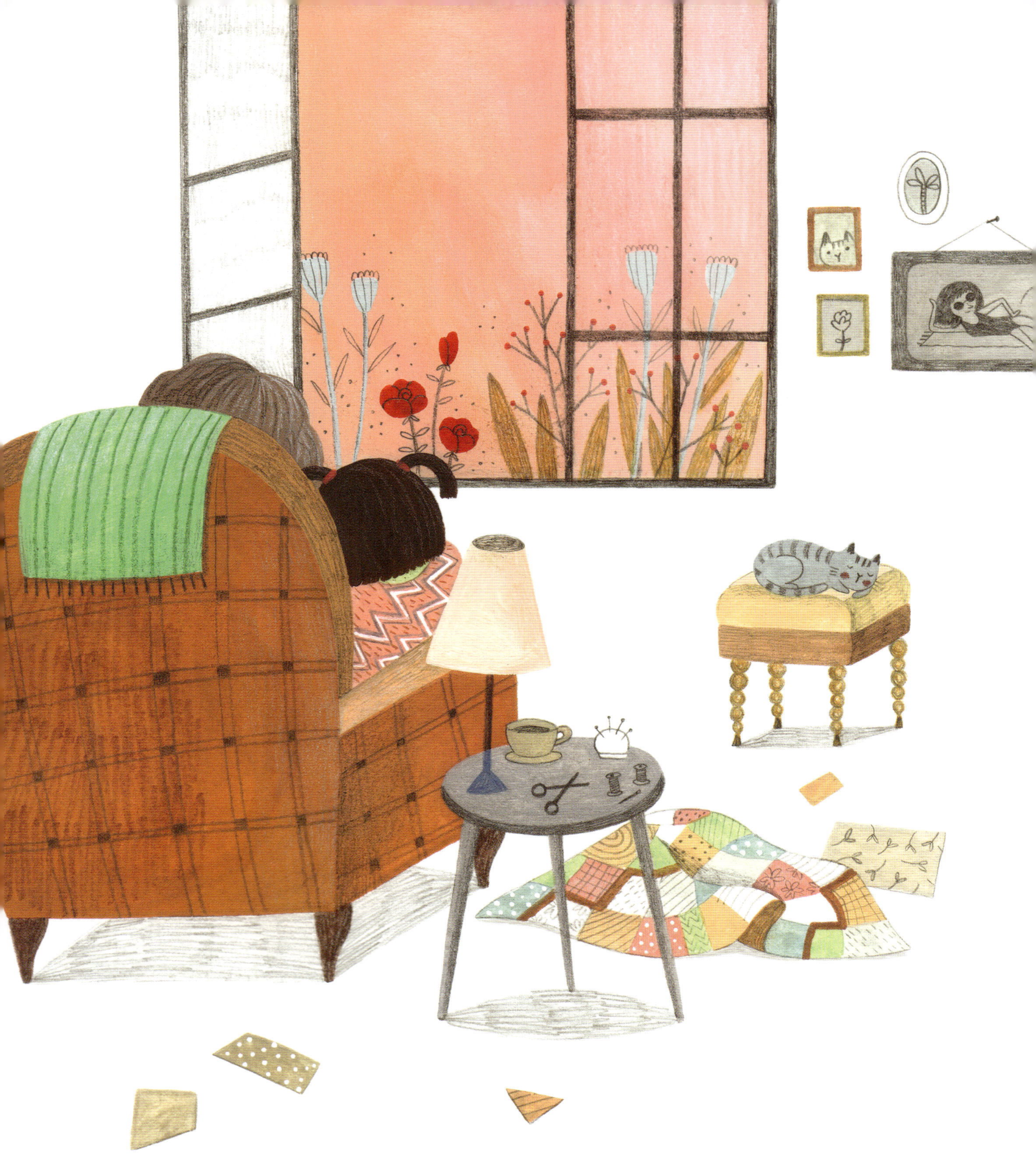

A vovó Marlene ficava num cantinho da sala, diante de uma janela pela qual entrava bastante sol. Ela transformava metros e metros de tecidos em pedaços de sonhos. Ao menos era isso que dizia a Guilhermina, sua única netinha, que se enroscava por entre os retalhos esparramados pelo desgastado assoalho.

Guilhermina adorava se misturar naquele festival de cores e texturas. Cada pano tinha um nome diferente, uma cor, um toque na pele. O feltro, tão suave; o linho, meio áspero; o algodão, tão fofinho que lembrava os pequenos flocos de onde vinha; e o mais divertido e colorido de todos, a chita.

Tudo corria bem, até o dia em que a menina encontrou algo prateado brilhando. Ela esticou a mãozinha para pegar o estranho objeto e, de repente, abriu o berreiro: a agulha havia furado seu dedo.

Ao escutar o choro, a vovó levantou-se com dificuldade e pegou a netinha no colo.

— Minha querida, que distraída que sou! A agulha caiu e eu não vi. Vou dar um beijinho que logo sara.

Guilhermina recebeu o beijinho no dedo, mas não só isso. Também ganhou uma história. A vovó costumava cantar enquanto trabalhava, mas, quando a netinha estava por perto, ela contava histórias, ao mesmo tempo que pisava no pedal da máquina de costura.

Naquele fatídico dia da agulha, Guilhermina ouviu a vovó narrar o drama de uma princesa que, ao completar dezesseis anos, furou o dedo numa roca e pôs-se a dormir para sempre.

— Roca era a vovozinha da máquina de costura — explicou vovó Marlene. — Antigamente, a roca era usada para enrolar os fios de algodão, linho ou lã. Mas eu nunca vi uma, só nas histórias...

Guilhermina acompanhava com curiosidade o fim da história da tal bela moça adormecida. E havia muitas outras envolvendo tecidos e costura. A que mais assustava a menina era a das mulheres com o poder de cortar o fio da vida. Quando elas faziam isso, era sinal de que a pessoa iria morrer.

— Não precisa ficar assustada — disse a vovó uma vez. — Elas só cortam o fio no momento em que estamos bastante distraídos, nem dá para perceber. Agora, vá se divertir.

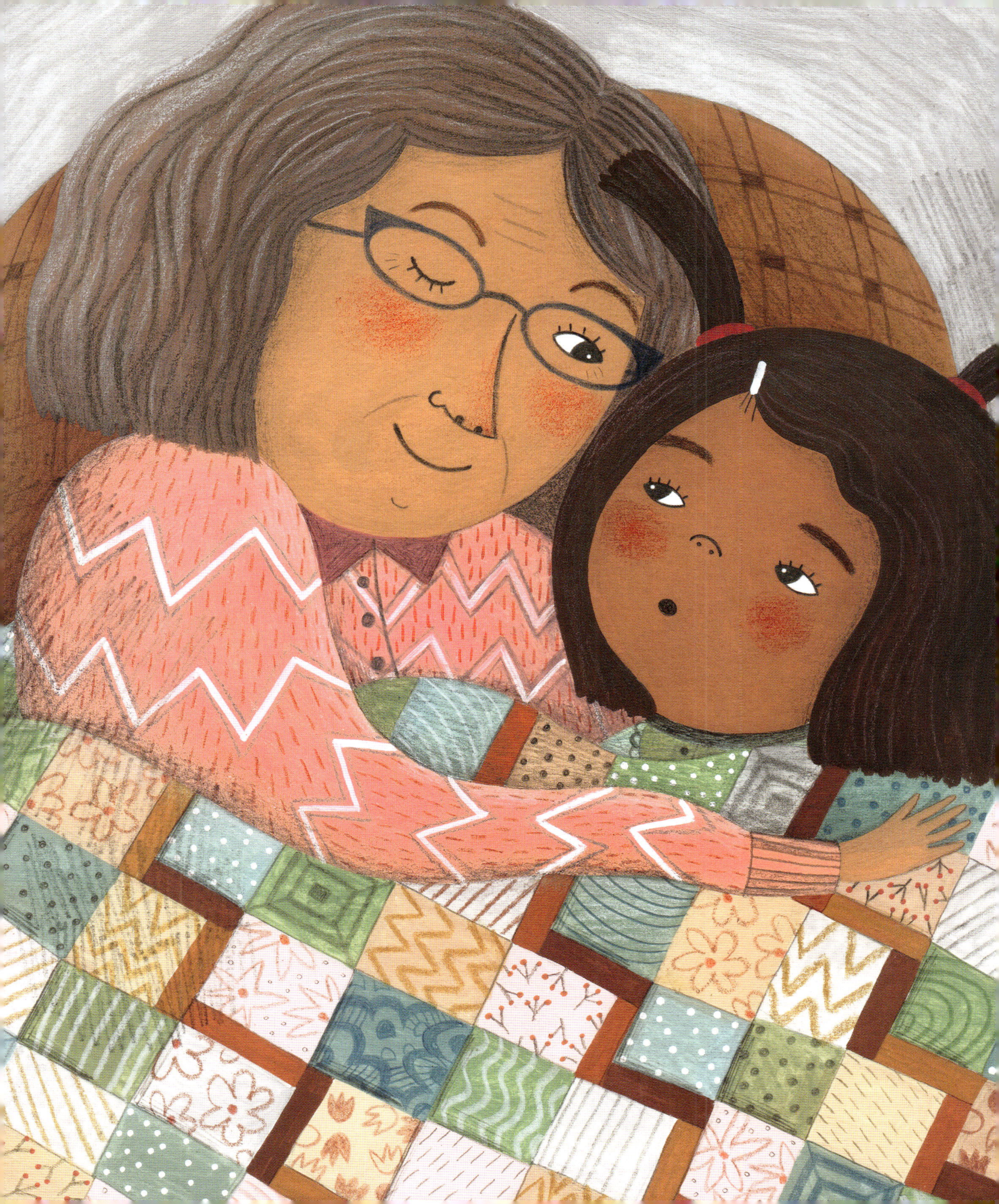

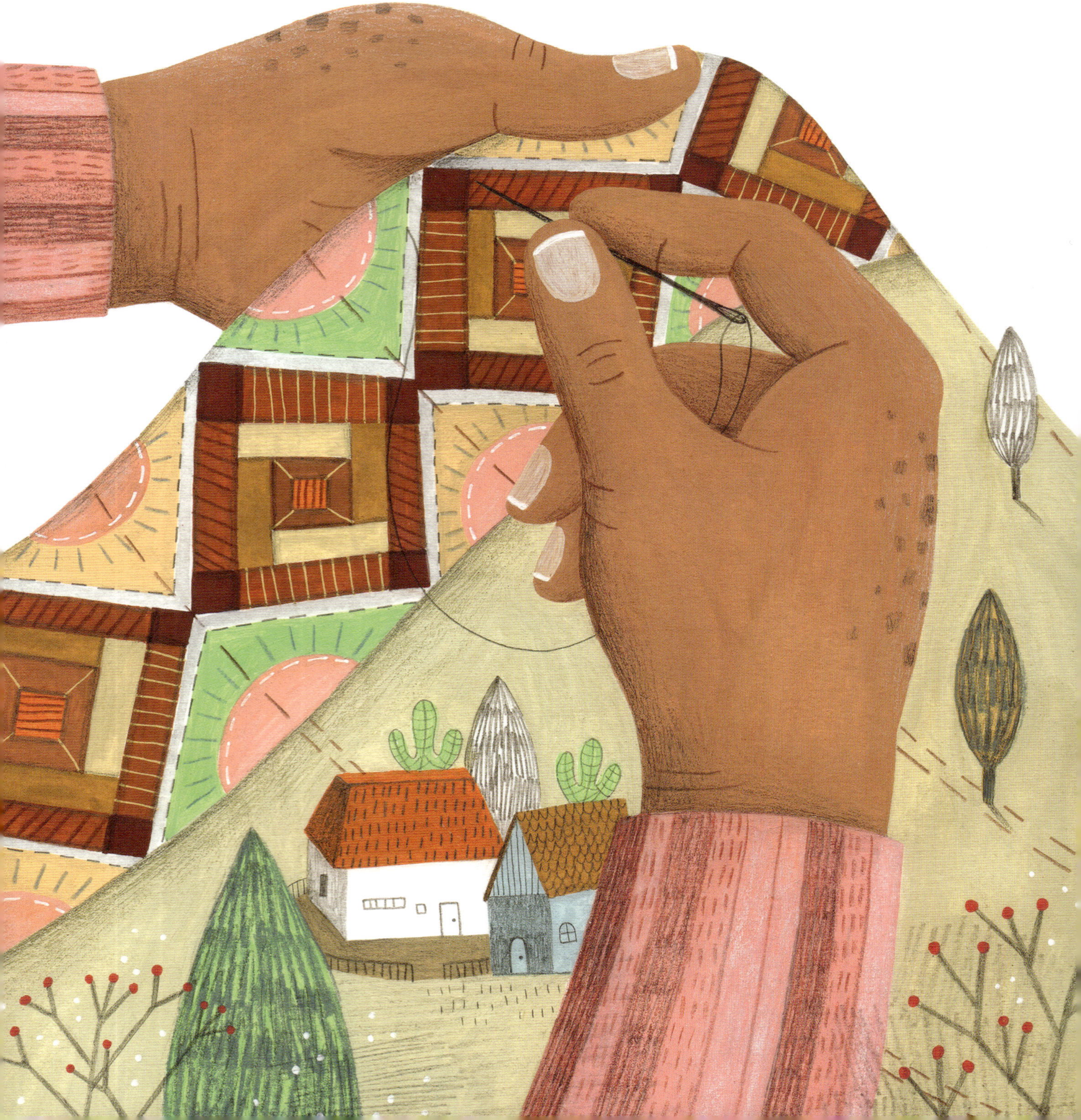

A vovó e a neta moravam em uma casa muito distante da cidade, e por ali só apareciam pessoas quando precisavam encomendar alguma peça de roupa. As clientes traziam todo tipo de tecido e sempre queriam descobrir o que a vovó estava costurando. Ela, porém, sempre dava um jeito de disfarçar.

— Não se mostra roupa que não está completa — afirmava.

Na verdade, a vovó queria manter o segredo e viver a surpresa de quem recebesse a peça, vê-la se encaixando perfeitamente. Só o dono a veria pronta. E não era para menos. Todas as clientes concordavam:

— Suas mãos são mágicas, Marlene! Tudo o que a senhora faz brilha no corpo da gente!

Guilhermina adorava escutar aquilo, saber que tinha uma vovó que fazia magia!

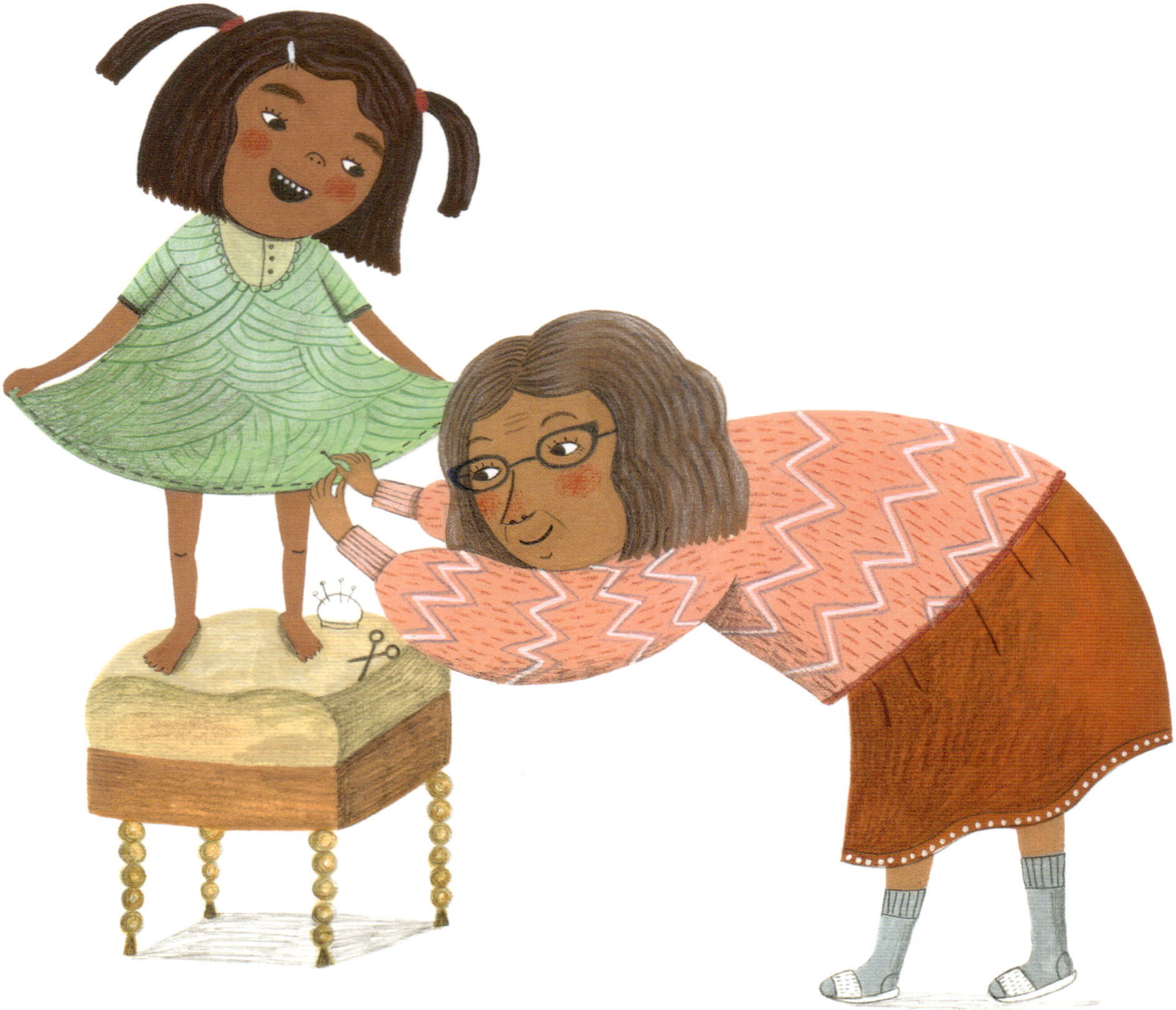

A mãe de Guilhermina, Sônia, nunca aprendeu a costurar. A vovó não lhe ensinou porque era um trabalho muito duro. Seu desejo era que a filha estudasse. Então, enquanto a vovó costurava, Sônia estudava. Assim, ela conseguiu um bom emprego, casou-se, separou-se e agora moravam as três mulheres naquela casa.

Guilhermina acabou sendo criada pela avó, com quem passava a maior parte do dia. Por isso, o amor da vovó pela neta era dobrado. O avô, que a menina nunca conheceu, se chamava Guilherme.

De tanto trabalhar, a vovó não tinha tempo de costurar para a própria família. Assim, Guilhermina ganhava vestidos novos só em datas especiais: no Natal e em seu aniversário.

Ela gostava tanto dos vestidos que, mesmo puídos, remendados e sem cor, não aceitava doá-los de jeito nenhum. Afinal, eles guardavam histórias, costuradas pela vovó com muito carinho. Não eram algo para simplesmente mandar embora.

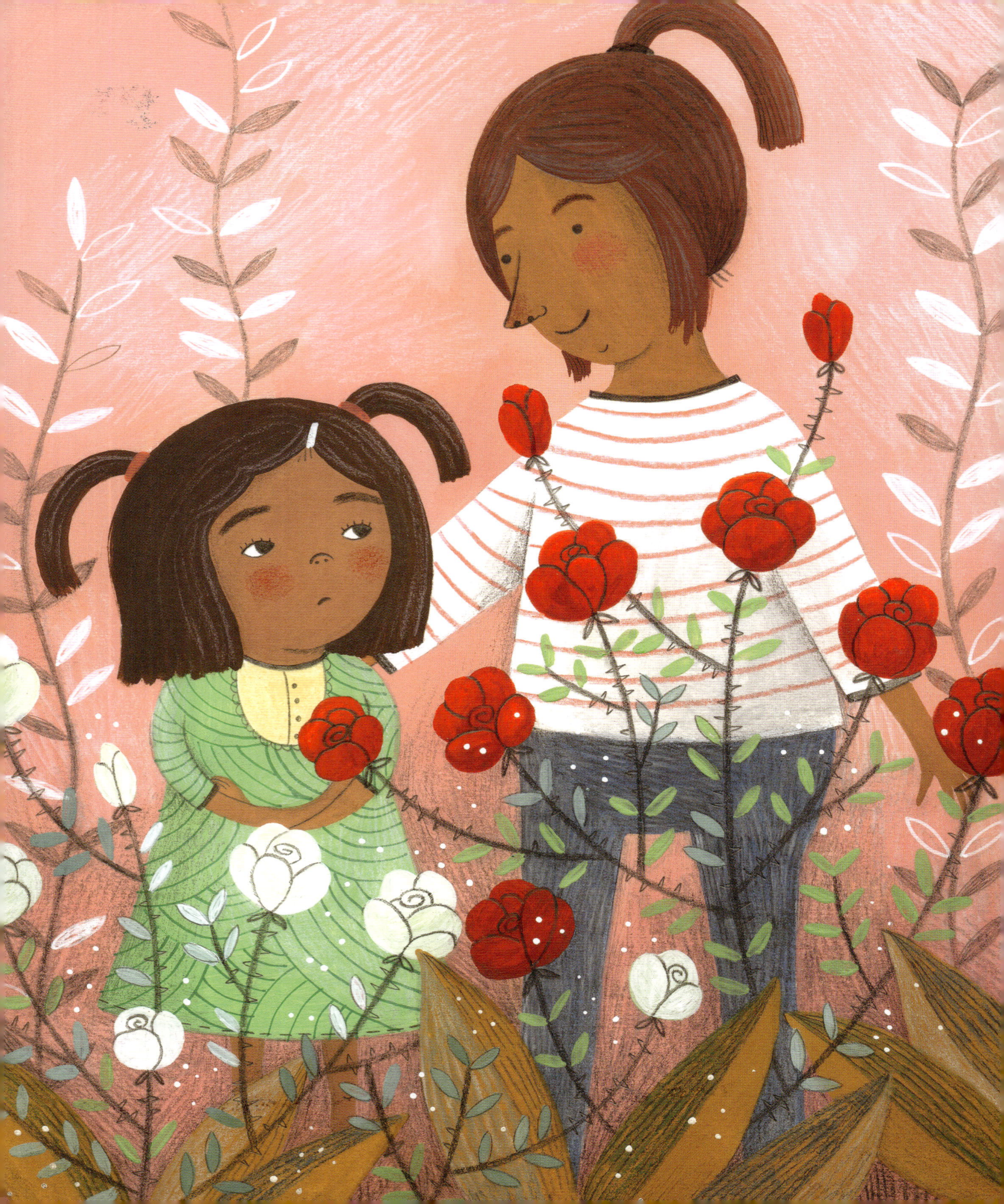

Diante da modesta casa, havia um pequeno jardim. Duas fileiras de terra acompanhavam o muro, ocupadas pelas mais diversas plantas: margaridas, suculentas, rasteiras e samambaias. Até mesmo um pé de chuchu e um de maracujá disputavam o espaço.

Entretanto, as roseiras se destacavam. Havia apenas duas, uma de flores brancas, e outra, de vermelhas.

— A branca é minha, a vermelha é da sua avó — explicou a mãe.

A menina, vendo aquelas flores tão bonitas, desejou ter uma para si.

— E por que eu não tenho uma?

Sônia sorriu, colheu uma flor e entregou para a filha.

— Agora você tem uma rosa da mamãe — riu ela. — Um dia você mesma vai plantar sua roseira, mas precisa ter paciência.

— Por quê?

— Tem que esperar o Baile das Flores.

Guilhermina achou esse nome encantador. Como seria um Baile das Flores? Será que elas iriam sair do jardim e dançar pela rua? A mãe logo lhe explicou que, como a primavera começava em setembro, o nono mês do ano, todas as crianças que completassem nove anos seriam as flores do baile. E, naquele dia, ganhariam uma muda de roseira. Tinha sido assim com ela e com a vovó.

— Nossa, então esse baile é muito antigo, não é? — perguntou Guilhermina.

— Sim, querida — riu a mamãe. — A vovó participou do primeiro, e isso já faz um tempão.

Guilhermina ficou muito ansiosa, mas ainda faltavam alguns anos para chegar à idade permitida. Assim, lhe restava mesmo brincar com os tecidos que se esparramavam pelo chão.

Mais rápido do que a menina poderia imaginar, o tempo passou, levando consigo muita coisa. Um dia, a vovó deu um suspiro, o último, que se misturou com o vento, levando-a para bem longe.

Vovó vivia cansada, esquecendo-se de tudo. Já nem costurava. Guilhermina imaginou que as mulheres responsáveis pelo fio da vida aproveitaram para cortar o fio da vovó, já que ela andava bastante distraída.

15

16

Aqueles foram dias tristes, e Sônia se mostrava preocupada.

— E agora? Com quem vou deixar Guilhermina?

Na verdade, havia algum tempo que a menina era quem cuidava da vovó. Dona Rita, que morava numa pequena casa aos fundos com o marido e dois filhos, ficava sempre à espreita de Guilhermina, que podia chamá-la a qualquer momento caso precisasse de algo. A rotina se manteve, com Guilhermina contando com a atenção da vizinha.

Entretanto, antes de a vovó começar a se esquecer das coisas, ela mostrou uma caixa para Guilhermina e disse:

— A vovó não sabe até quando poderá costurar. No seu Baile das Flores, quero que você seja a criança mais bonita da festa. Por isso, fiz um vestido lindo para você! Ele vai ficar aqui, guardado nesta caixa e, no dia certo, você vai usá-lo.

A caixa foi para cima do guarda-roupa, onde a menina não podia alcançá-la, e lá permaneceu.

Guilhermina nunca se esqueceu da caixa. A cada aniversário pensava no instante em que poderia pegar aquele presente tão especial. Contava os dias, as horas, os minutos, os segundos e, de tanto contar, finalmente chegou o momento em que ela completaria nove anos.

A menina não pretendia esperar até a data do aniversário para ver o presente, afinal faltavam apenas duas semanas para o baile.

Seus olhos brilharam quando pegou a caixa que a mãe havia deixado sobre a cama antes de sair para o trabalho. Guilhermina a abriu e ficou encantada. Era lindo! Sem dúvida, o vestido mais belo que a avó havia feito.

Ela o retirou da caixa e o desdobrou com cuidado, como se sentisse o carinho com que a vovó o dobrara e o guardara. Estava impecável. A menina deslizou a mão pelo suave tecido, sentiu as rendas e os bordados. Na parte de trás, havia doze botões enfileirados forrados com o lindo tecido.

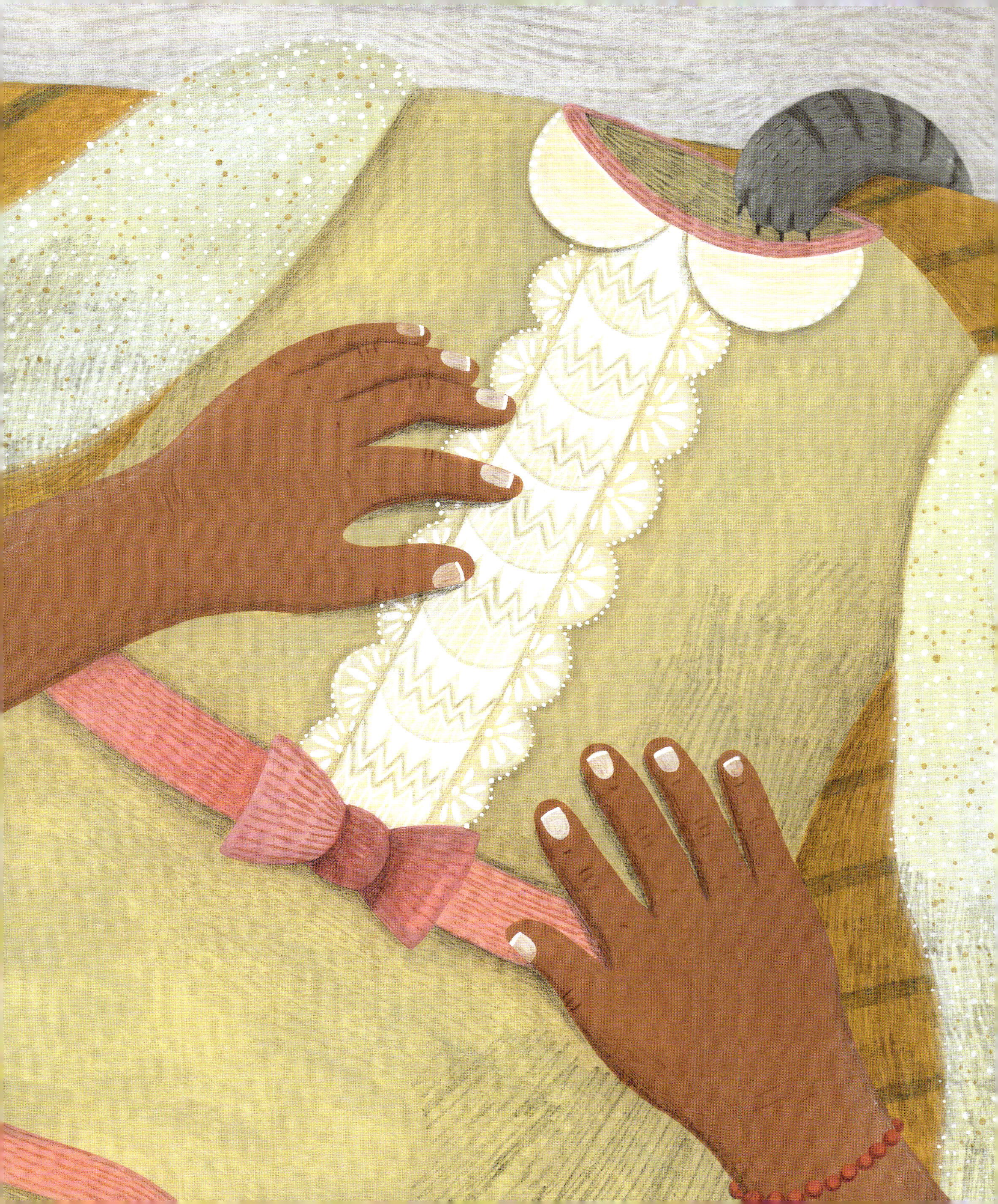

Guilhermina o apreciou demoradamente. Era tão delicado e tão bem costurado que dava dó de usá-lo, de sujá-lo.

Satisfeita de tanto admirar o vestido, resolveu colocá-lo. Estranhou quando quase ficou com a cabeça entalada. Percebeu que não tinha desabotoado um dos botões e, ao fazê-lo, o vestido passou sem problemas.

Então, esticou um braço e... não conseguiu encaixar a manga. Tentou do outro lado, no entanto o problema se repetiu. Dessa vez, entalou o braço pra valer. Daí, começou a gritar: "Mãe! Mãe! Mãe!", esquecida de que estava sozinha em casa.

Com medo de rasgá-lo, saiu andando pelo corredor, usando meio vestido e exibindo toda a roupa de baixo.

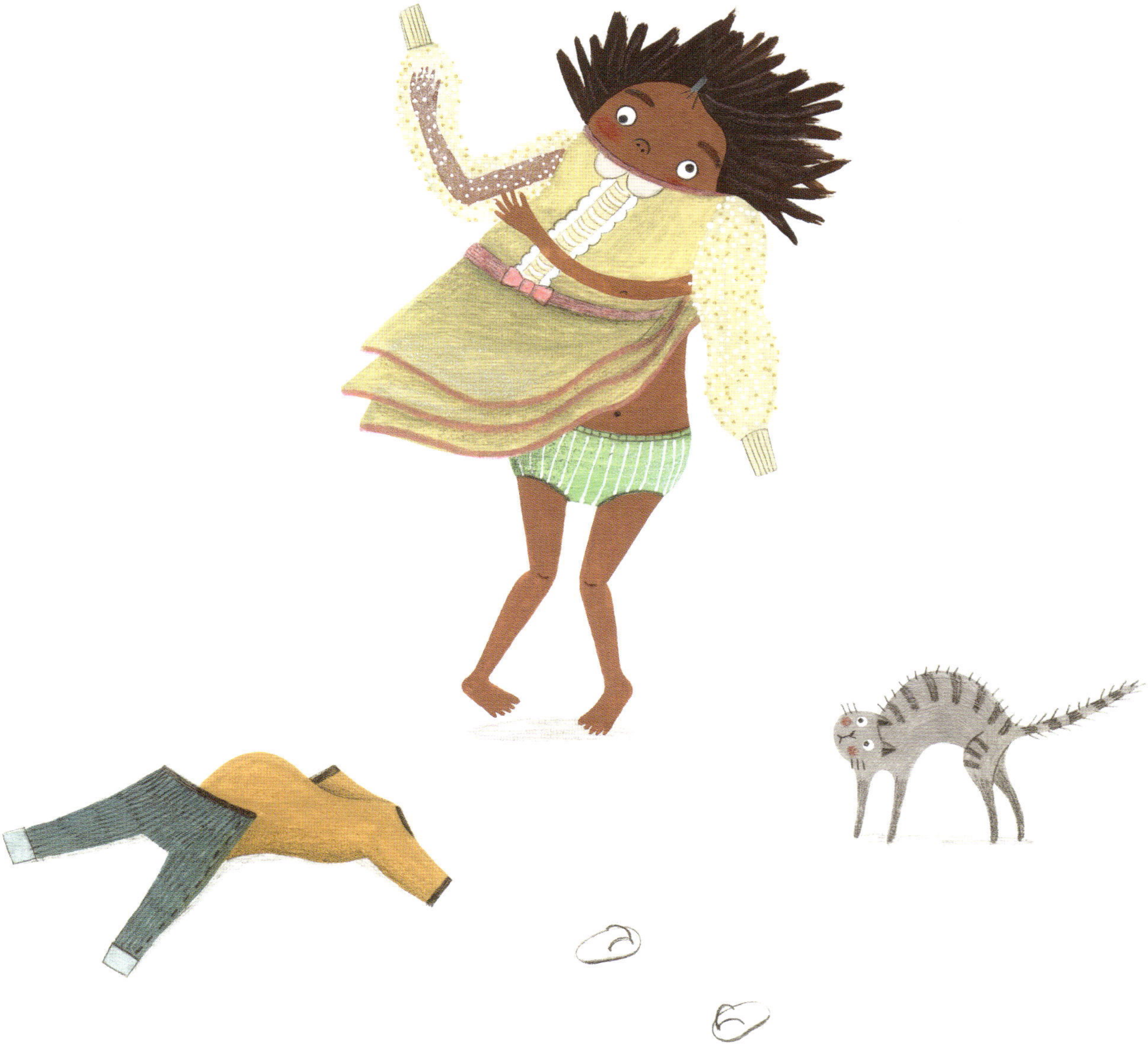

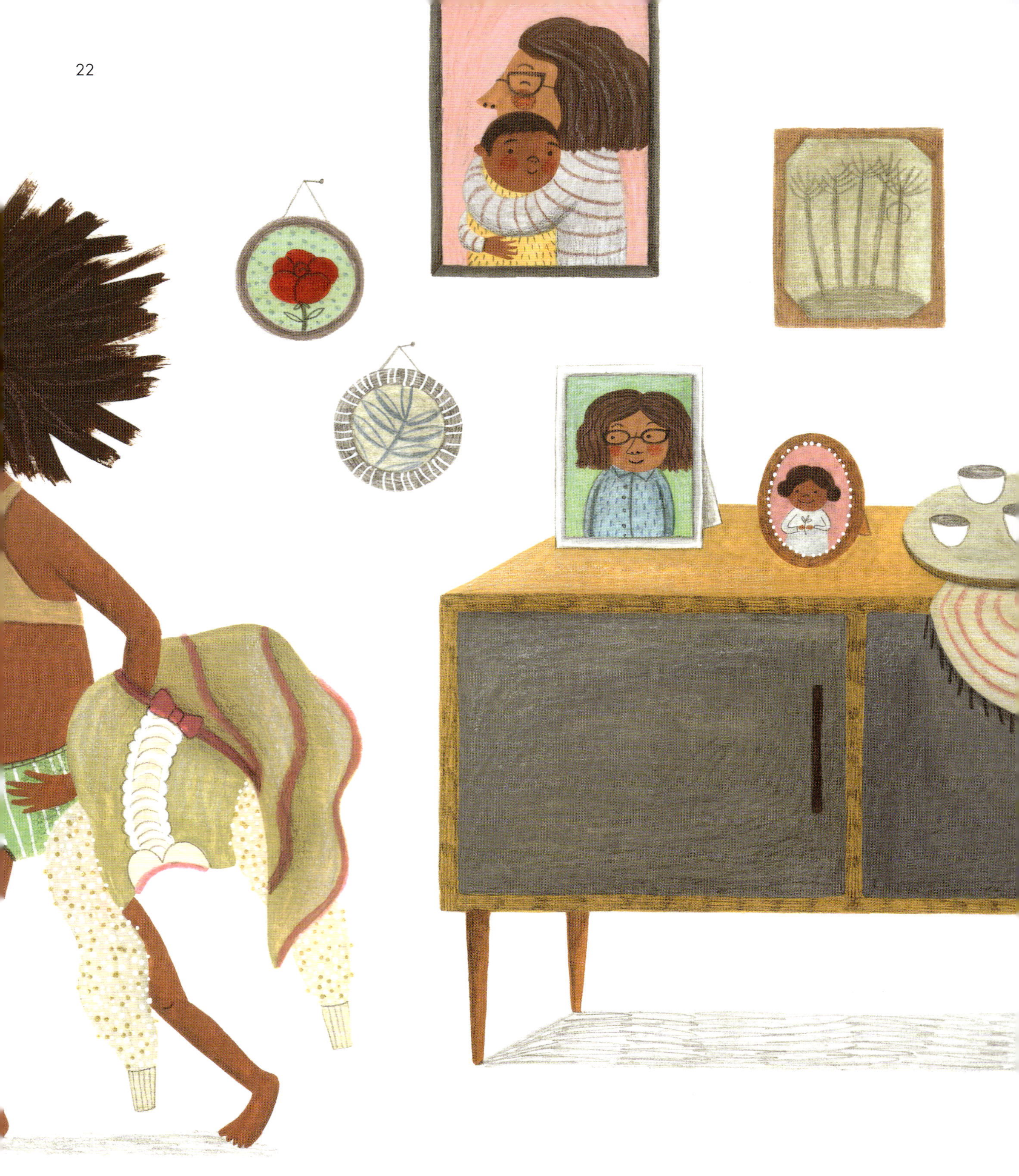

De repente, ouvindo aquele berreiro, dona Rita apareceu na janela.

— Menina, que gritaria é essa?

A vizinha, ao ver Guilhermina entalada, tratou de ajudá-la.

— Cuidado, cuidado, cuidado! Vai rasgar meu vestido!

— Calma! — pediu dona Rita, retirando-o cuidadosamente. — Este vestido não te serve mais.

A menina estava tão preocupada em não rasgar o vestido que só foi reagir depois que a vizinha a desentalou.

— Como assim não me serve mais? — resmungou.

— Você cresceu, oras.

— Serve, sim! — disse irritada, levando-o de volta ao quarto.

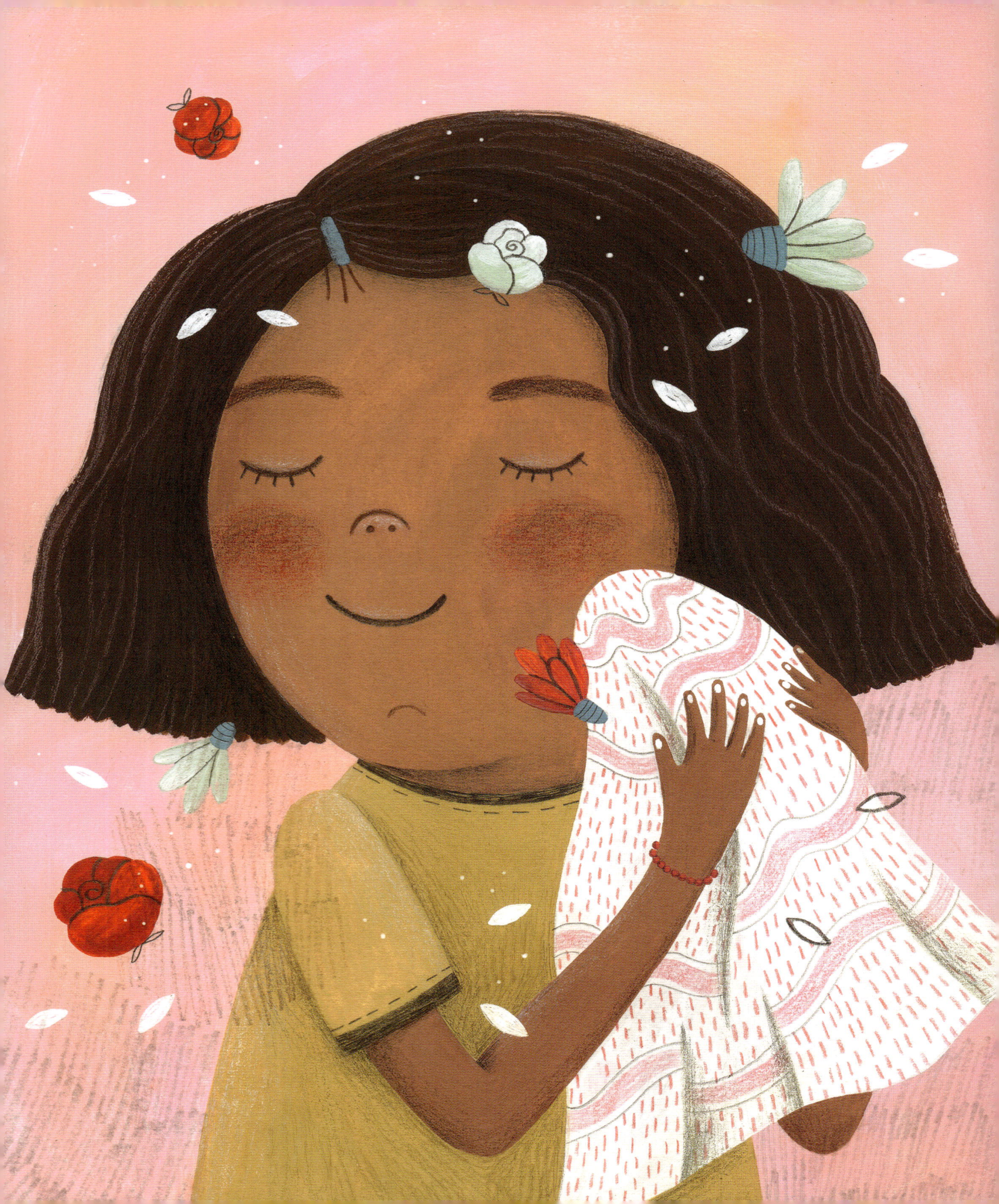

De novo sozinha, tentou vesti-lo. Entretanto, ao perceber que entalaria mais uma vez, retirou-o e o colocou sobre a cama.

Emburrou.

Tamanha injustiça! Tantos anos esperando para vestir aquela roupa, e agora isso!

Decidiu examinar o vestido por dentro; procurou por um pedaço de pano, pois talvez desse para alargá-lo. Havia um, mas ela logo percebeu que era pequeno. De repente, teve uma ideia. O velho baú onde a vovó guardava os retalhos ainda estava no mesmo lugar. Quem sabe haveria alguma sobra que combinasse...

Guilhermina correu para o baú, mas, ao contrário do que pensou, se demorou além do que pretendia na tarefa. A cada retalho que retirava, recordava-se da vovó. Até o aroma dos muitos sachês que repousavam no baú lembrava os perfumes dela.

A menina retornou triste para a cama e permaneceu observando o vestido. Decidiu guardá-lo, quando, subitamente, encontrou um retalho solto no fundo da caixa. Era um bilhete da vovó, com o texto bordado com linhas coloridas. Guilhermina ficou tão contente que se distraiu olhando os pontos, as cores, o jeito todo especial que a vovó tinha de bordar, ornando cada letra com um enfeite diferente. Quase se esqueceu de ler a mensagem.

QUERIDA NETINHA

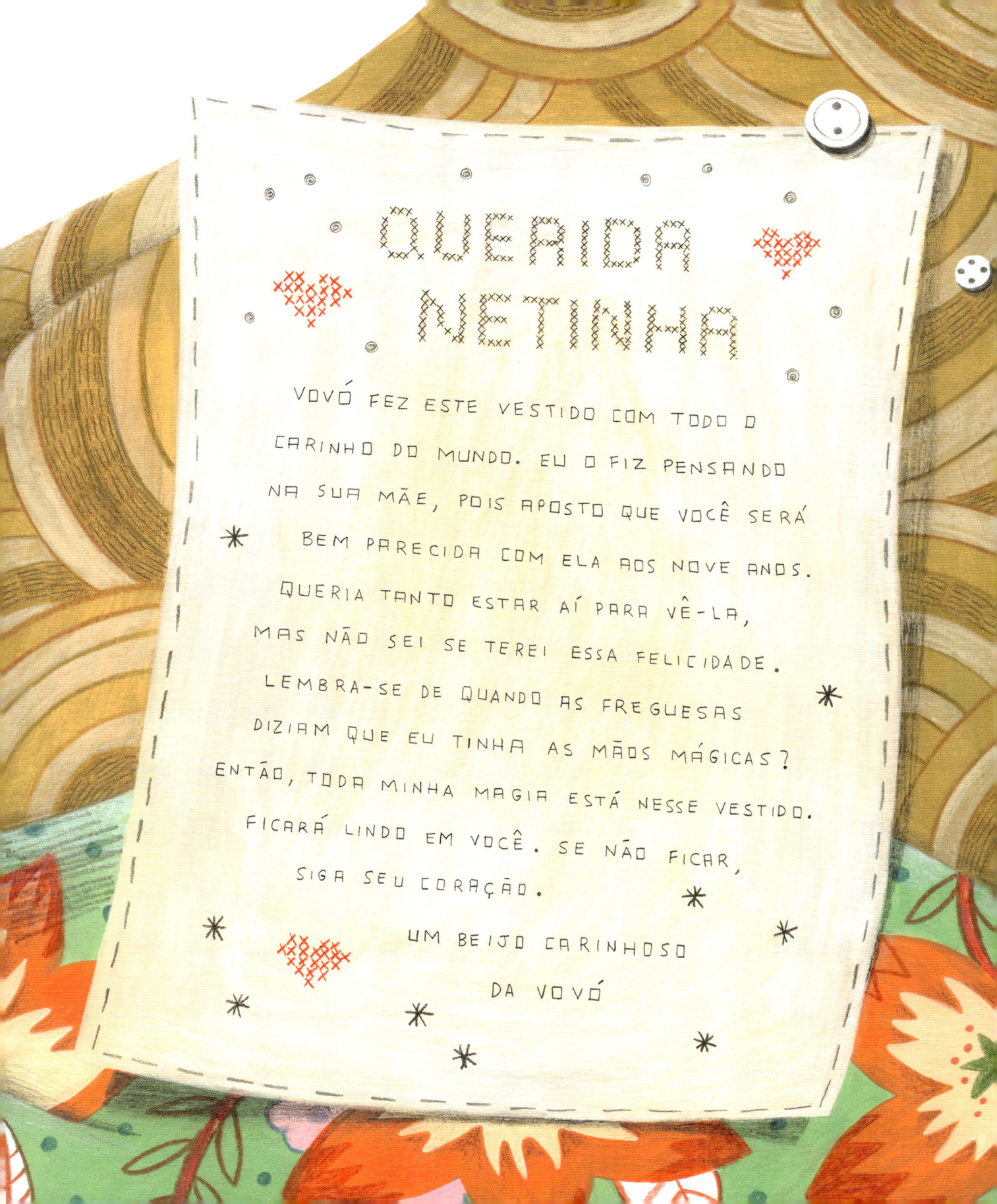

Vovó fez este vestido com todo o carinho do mundo. Eu o fiz pensando na sua mãe, pois aposto que você será bem parecida com ela aos nove anos. Queria tanto estar aí para vê-la, mas não sei se terei essa felicidade. Lembra-se de quando as freguesas diziam que eu tinha as mãos mágicas? Então, toda minha magia está nesse vestido. Ficará lindo em você. Se não ficar, siga seu coração.

Um beijo carinhoso

Da Vovó

Quando Sônia chegou, no finzinho da tarde, encontrou a filha cheia de assunto. Guilhermina queria contar do vestido, da tentativa de prova, da vizinha, da caixa, do baú, dos retalhos e, principalmente, do bilhete.

— Que bonito ela deixar isso para você, filha.

— Também achei, mãe. Mas o que ela quis dizer com "siga seu coração" se o vestido não ficar bom?

— Isso é com vocês duas. Eu não sei — sorriu a mãe. — Vocês passavam o dia juntas, deveria saber do que ela estava falando.

Mas a menina não sabia. Bem que a vovó podia ter sido mágica de verdade e inventado uma roupa que sempre servisse.

Ao relatar os acontecimentos do dia para a mãe, Guilhermina se lembrou de dona Rita. Pensou ter sido mal-educada com ela, pois estava muito nervosa entalada no vestido. Resolveu ir até a casa da vizinha pedir desculpas.

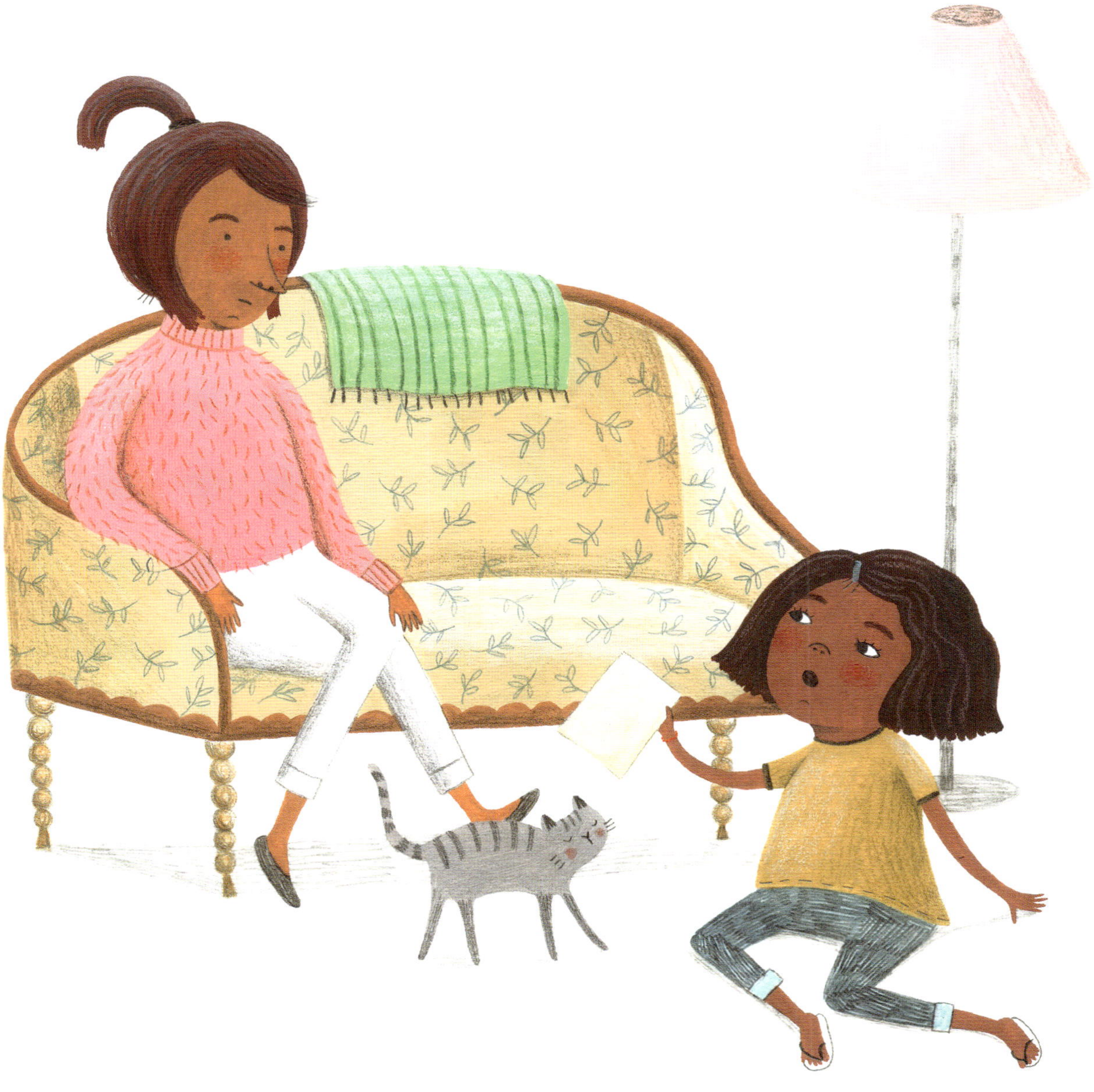

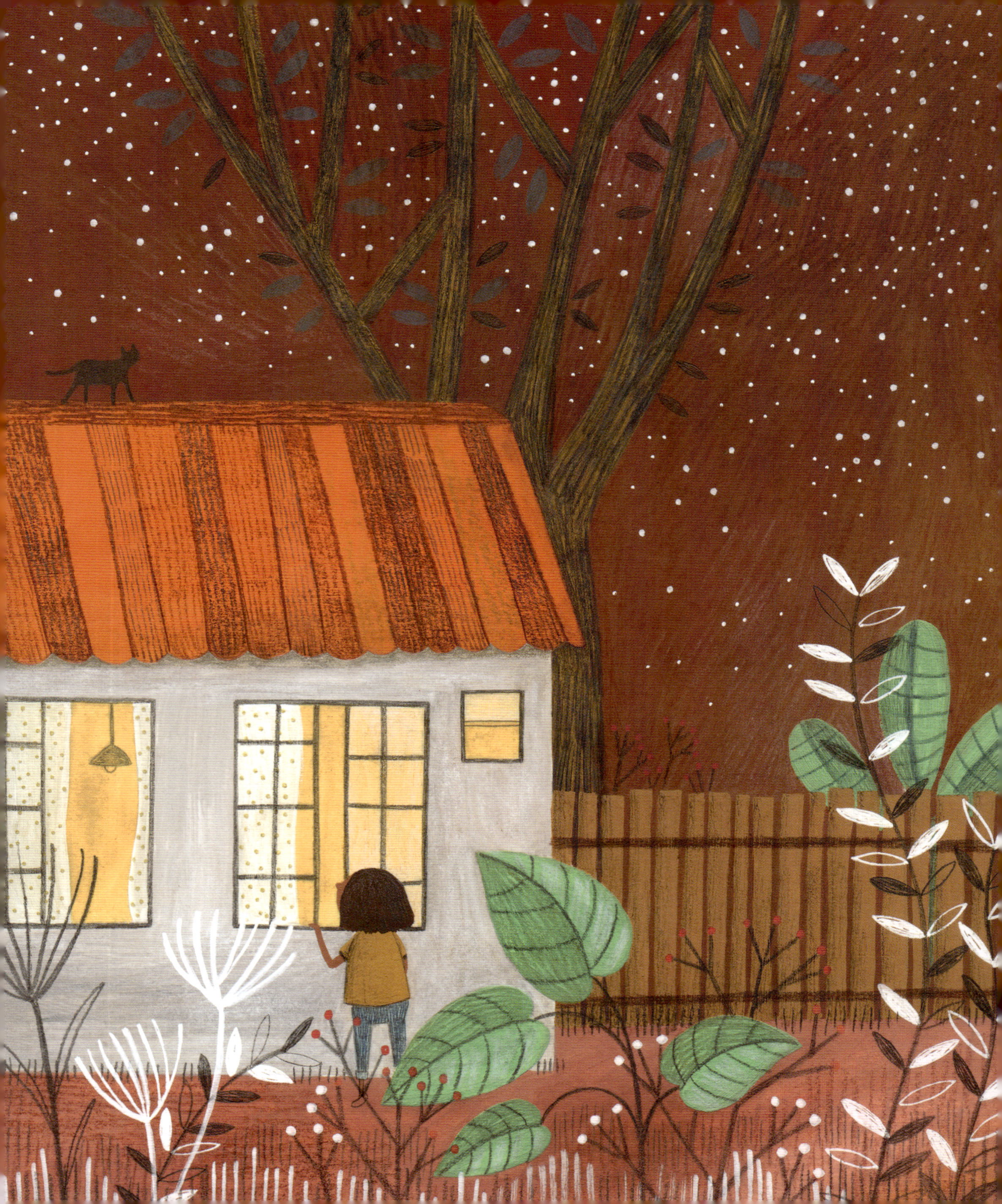

Ao sair para o quintal, olhou o céu estrelado. Gostava de pensar que as estrelas formavam um imenso bordado feito pela vovó. Foi então que ouviu um choro vindo da casa de dona Rita. Era Sueli, a filha pequena de sete anos, que chorava.

— Oi, dona Rita, o que aconteceu?

A vizinha, com a visita inesperada, tentou colocar panos quentes na situação.

— É malcriação da sua amiguinha. Tem horas que não sei o que fazer com ela.

Guilhermina se aproximou da garotinha e secou-lhe os olhos.

— Faz tempo que a gente não brinca, não é? — lembrou Guilhermina. — Amanhã, depois da escola, prometo passar aqui para brincarmos. Assim, você não chora mais.

A menina passou a mão no rosto e disse:

— Não é por isso que estou chorando.

— E por que é, então?

— Eu não tenho vestido para ir ao baile!

— Claro que tem, Sueli, pare de bobagem — interferiu dona Rita. — E você só tem sete anos, nem é o seu ano ainda.

— Mas eu queria ir bonita, todo mundo se enfeita. Só eu não vou ter um novo.

— Eu vou arrumar o seu... — afirmou dona Rita. — Prender umas fitas, arranjar um enfeite bem bonito para o seu cabelo. Olha só o seu irmãozinho. Ele também não tem roupa nova e não está chorando.

Guilhermina olhou para a menina e sentiu vontade de dizer as mesmas palavras que não desejava ouvir: que não tem problema ir com vestido velho; que ela é bela de qualquer jeito; que isso não tem a menor importância. De repente, tudo fez sentido.

— Calma, Sueli. Vou fazer uma coisa. — Então, Guilhermina saiu.

Sônia, ocupada fazendo o jantar, viu a filha entrar e sair com a caixa:

— Menina, aonde você vai com esse vestido?

— Vou ali e já volto.

E lá se foi Guilhermina carregando a caixa como se fosse um precioso tesouro. Entrou na casa de dona Rita e a entregou à menina.

— Olha, Sueli, isto é para você!

A garotinha abriu a caixa cuidadosamente. Seu rosto se iluminou quando viu aquele vestido tão bem dobrado e com um delicado perfume.

Ao ver Sueli tirando o vestido da caixa, dona Rita falou para Guilhermina:

— Querida, este vestido é novo, é seu. — Ao tocar nele, dona Rita reconheceu as costuras, o corte e o bordado. — Foi sua avó quem fez, não foi?

— Foi, mas não me serve mais. Agora é da Sueli. Veste pra gente ver!

A menina o vestiu. Com poucos ajustes, ficaria perfeito.

— Adorei! Obrigada, Gui! — disse Sueli, abraçando a amiga.

Guilhermina ficou feliz ao ver a alegria da menina. Recusou o convite para jantar e voltou para casa. Ao regressar, teve a impressão de ter visto alguém entrando em sua casa rapidamente; talvez fosse apenas a mãe que tivesse ido retirar alguma roupa do varal.

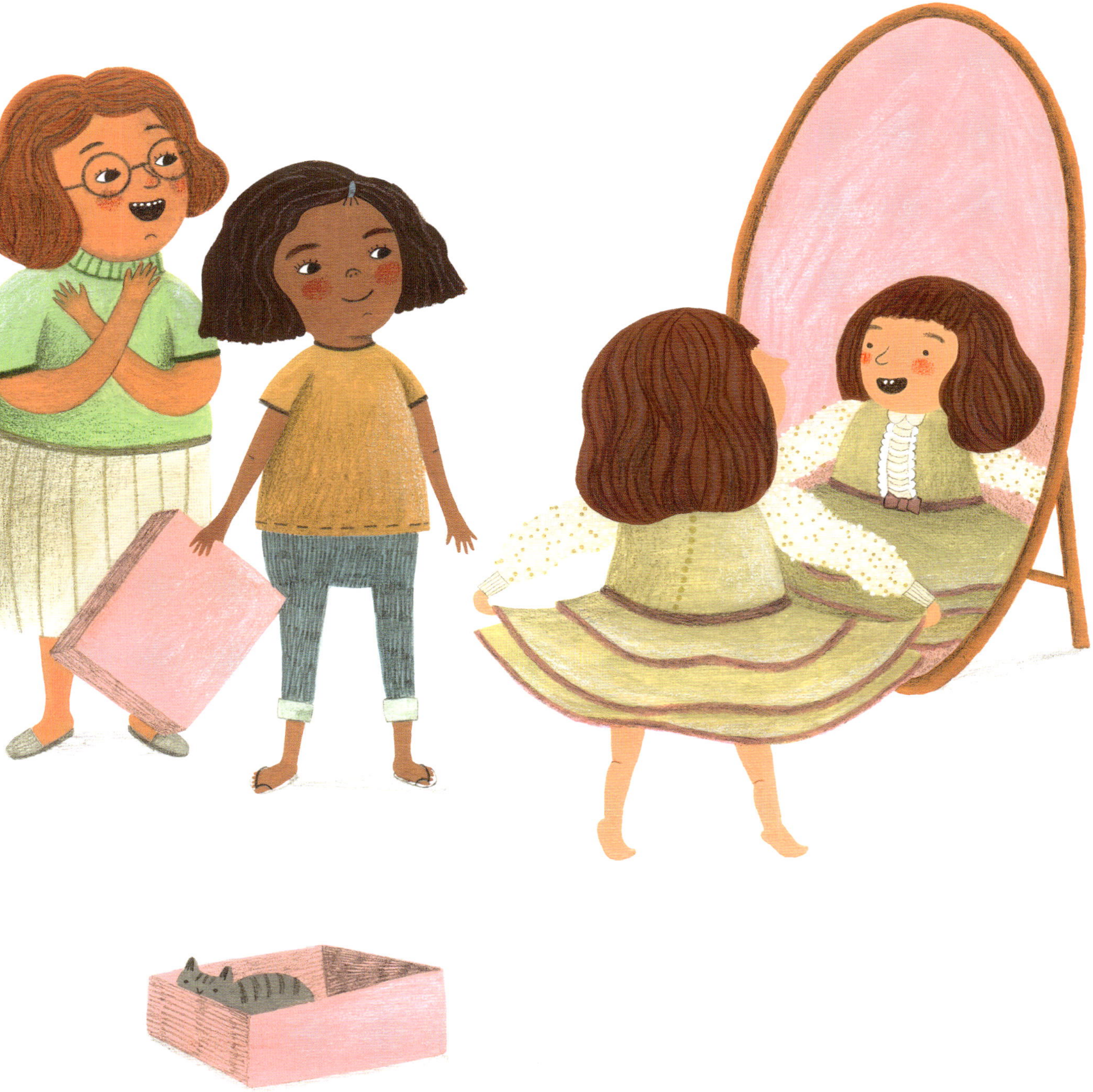

— O que você fez, querida? — perguntou a mãe ao ver a expressão da filha.

Ela enxugou algumas lágrimas e disse:

— Dei o vestido que a vovó fez pra mim... A senhora está brava? A Sueli ficou tão contente...

— Não, filha, não precisa nem explicar. Aposto que sua avó ficaria superfeliz. — Então a abraçou e a beijou. — Agora, vá lavar as mãos para jantarmos.

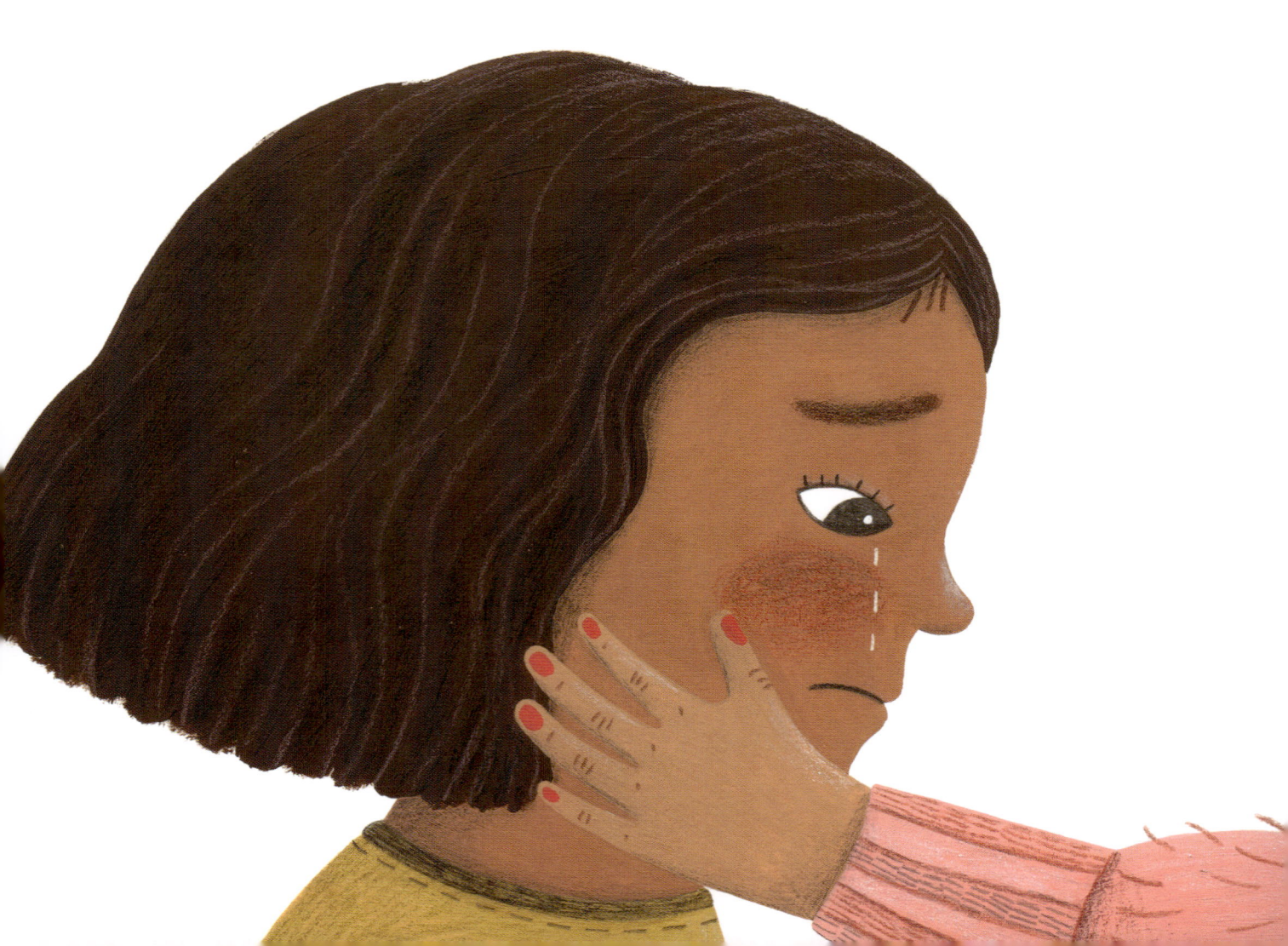

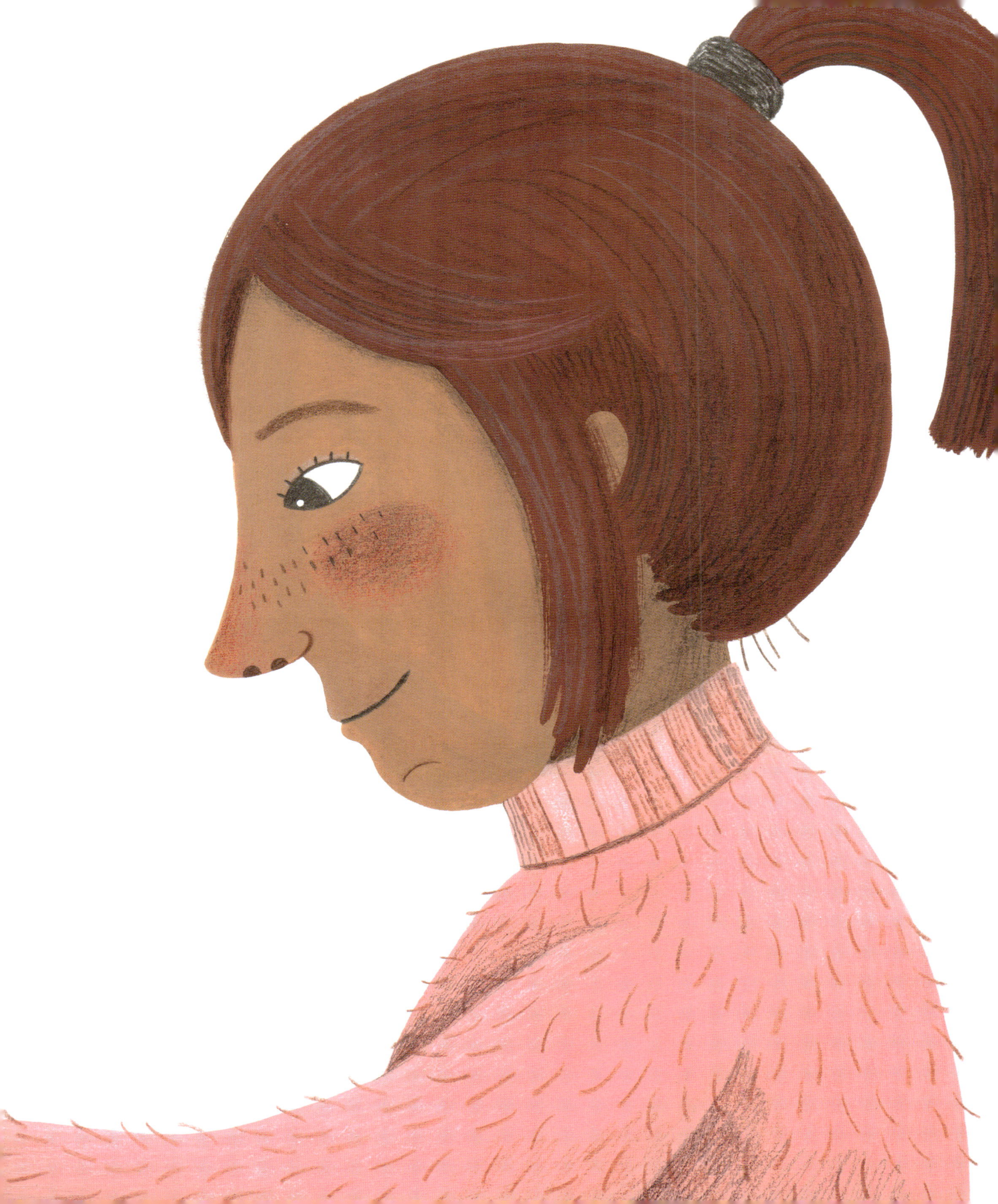

Guilhermina seguiu para o banheiro e estranhou quando pareceu ter avistado algo na cama. Caminhou até o quarto e viu que realmente havia uma caixa. Intrigada, a menina a abriu bem devagar.

— Nossa! — exclamou, ao ver um vestido rosado, com bordados que ela conhecia tão bem. — Mãe, mãe! Vem cá.

Sônia apareceu. Se Guilhermina tivesse visto o rosto da mãe, teria notado que ela procurava fingir surpresa, mas aquilo era tão inesperado que a garota não via mais nada.

— Esse vestido! O que é isso? Como veio parar aqui?

— Não sei, filha. Não estava aí quando você saiu?

Guilhermina ficou desconfiada. Tratou de experimentá-lo, mas precaveu-se para não ficar entalada novamente. Aos poucos, foi percebendo que o vestido lhe cabia como uma luva.

— Como pode? Onde estava este vestido que eu nunca vi? Esta caixa...

— E eu que sei, filha? Mas... olha, parece que tem alguma coisa na caixa. — A menina olhou para o local que a mãe apontava e viu que havia mesmo um pedaço de tecido caído no fundo. — Pega logo, deve ser seu.

Guilhermina pegou o bilhete, bordado como o anterior.

A menina não sabia se chorava ou se ria. Aquela noite se tornou inesquecível.

QUERIDA NETINHA

NÃO DIZIAM QUE A VOVÓ FAZIA MAGIA? ENTÃO... SEI QUE VOCÊ TOMOU A DECISÃO CERTA E FEZ ALGUÉM FELIZ. ASSIM, FICOU AINDA MAIS BONITA. VOVÓ TE AMA MUITO!
BEIJO E DIVIRTA-SE.

No dia do baile, Guilhermina ganhou uma muda de rosa da cor do vestido, e ela floresce até os dias de hoje.

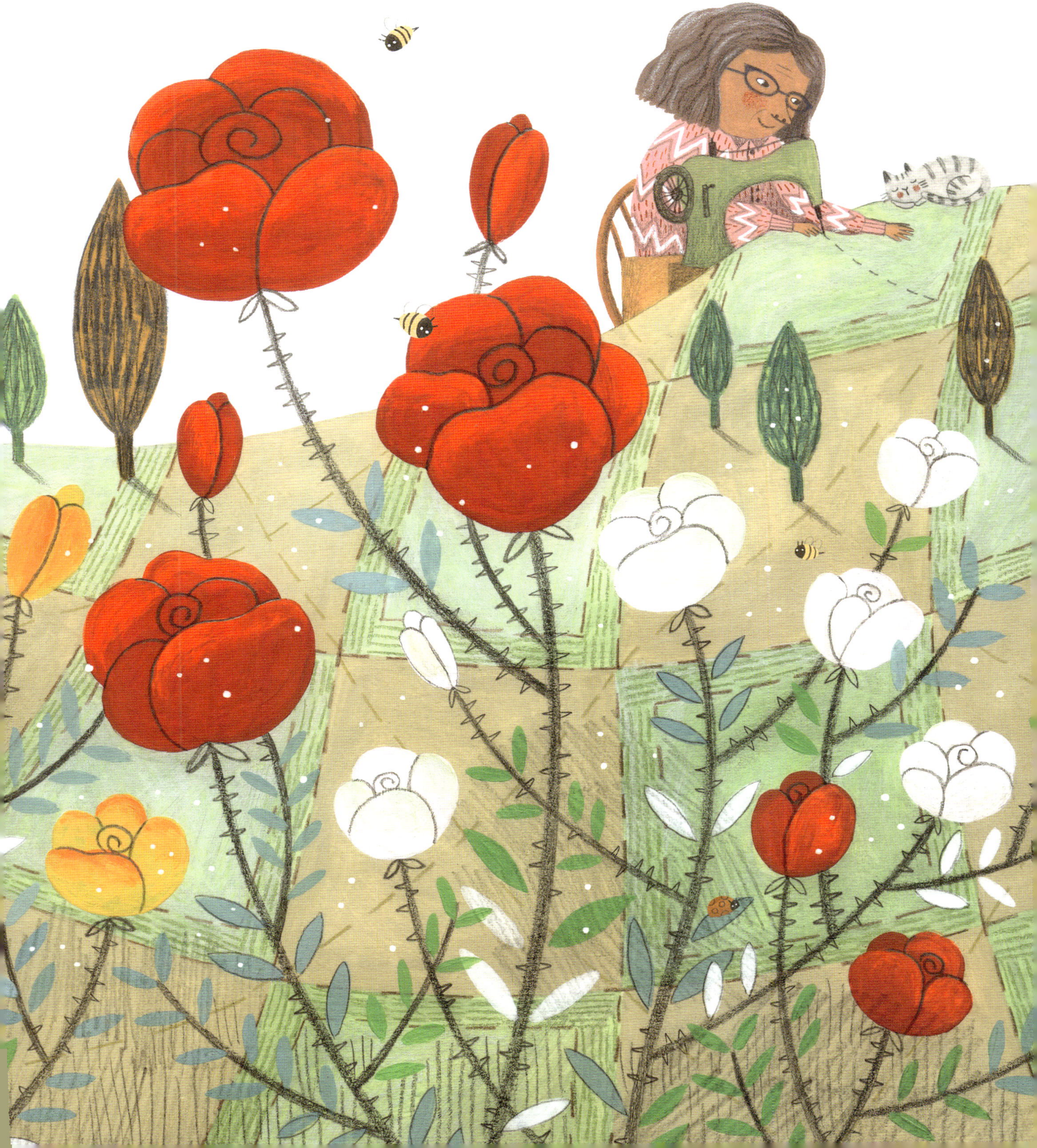

Manuel Filho

Quando a gente cresce, acontece um montão de coisas. Eu cresci, mas o menino que fui ainda vive dentro de mim; ele sempre me leva a realizar todos os sonhos que inventa. Se não amadurecemos, tudo para. Imagine se as flores não abrissem ou se os filhotes não crescessem? E existem várias formas de crescimento. A que eu mais gosto é a da literatura, da música, do teatro e de todas as artes. Estimular nossa imaginação é estar pronto para atingir o tamanho que quisermos na vida. Eu adoro escrever e já trabalhei com o Mauricio de Sousa e com o Ziraldo, que encantaram o meu crescer. Além disso, já ganhei um prêmio bem legal, o Jabuti. Venha ver o meu site. Ele aumenta um pouquinho todos os anos: www.manuelfilho.com.br

Vanessa Prezoto

Venho de uma família de mulheres que costuravam. Adorava brincar na máquina da minha mãe quando pequena, mas, infelizmente, esse talento costureiro não se desenvolveu em mim. Tenho uma colcha de retalhos linda feita a mão por minha avó e cuido dela com o maior carinho para que dure por muitos e muitos anos. Adorei desenhar este livro; nas pinturas utilizei uma técnica mista com guache e lápis de cor. Em 2022 fui finalista do Prêmio Jabuti, além de ter outros títulos contemplados com os selos Cátedra Unesco, da PUC-Rio, e Altamente Recomendável, da FNLIJ. Você pode conhecer mais do meu trabalho em www.cargocollective.com/vanessaprezoto ou em meu Instagram: @vanessaprezoto